Énigme n° 1
Le trésor n'est pas en B4, ni en E8 ni en F5. Tu peux cocher ces cases.

Énigme n° 2
Coche les cases D2, D3, D4, D5, E4, E5.

Énigme n° 3
Le message dit : « Coche toutes les cases qui contiennent de l'eau ».
Tu peux cocher plein de cases : A1, A2, A3, A4, A5, A6, A7, A8, A9, A10, B1, B2, B3, B4, B5, B6, B7, B9, B10, C1, C2, C6, C9, C10, D1, D6, D7, D8,D10, E1, E2, E3, E9, E10, F1, F2, F3, F4, F5, F6, F7, F8, F9, F10, G1, G2, G3, G4, G5, G6, G7, G8, G9, G10.

Énigme n° 4
Seule la 4e liane est attachée à l'arbre.

Énigme n° 5
Coche toutes les cases qui restent avec la lettre C : C3, C4, C5, C7, C8.

Énigme n° 6

Dionée attrape-mouche : elle a comme une mâchoire composée de deux lobes bordés de dents légèrement courbées vers l'intérieur.

Cruche à eau : les insectes se noient dans ses feuilles en forme de gourde emplies de liquide.

Plante cobra : sa forme de serpent dressé fait penser à un cobra en position d'intimidation.

Énigme n° 7
Les deux singes qui ne sont pas en double sont ceux qui disent E7 et E6. Tu peux donc cocher les cases E7 et E6.

Énigme n° 8
Je suis le nez.

Énigme n° 9
Le rébus dit : « Mon trésor n'est pas en bêêê 8. » Tu peux cocher la case B8.

Direction de la publication : Sophie Chanourdie
Responsable d'édition : Laurence Lesbre
Création graphique : Mélissa Chalot
Mise en pages : Anne Jan
Fabrication : Rebecca Dubois

ISBN : 978-2-03-605185-0
Imprimé en Espagne par Grafo

Dépôt légal : septembre 2023. 333902-02 / 11056115 – mars 2024

TA CARTE AU TRÉSOR

Mon roman

CHASSE AU TRÉSOR

SUR L'ÎLE DES PIRATES

Texte de Paule Battault
Illustrations de Sess Boudebesse

Larousse Jeunesse

Petit-Coeur, où es-tu ?

COMMENT TROUVER LE TRÉSOR ?

- Déplie la carte qui est à la fin de ton livre.
- Garde la carte ouverte pendant que tu lis.
- Résous les 9 énigmes au fil de l'histoire : elles te permettront de cocher les cases où le trésor n'est pas.
- À la fin, il restera une seule case qui ne sera pas cochée : c'est là que se trouve le trésor !

Bonne lecture et bonne chance !

Chapitre 1

– Petit-Cœur ! Où te caches-tu, mon bigorneau en sucre ?

Vous entendez ? On m'appelle ! Et celle qui crie mon nom n'est autre que la redoutable pirate Bonnie-la-bonite : ma mère.

Oui, je sais, Petit-Cœur, pour un pirate, ce n'est pas terrible. Mais, aux yeux de ma mère, c'est ce que je suis : un petit cœur. Et, croyez-moi, personne n'est assez fou dans son équipage pour la contredire.

D'ailleurs, je plains sa bande de pirates depuis que j'ai fugué. Ma mère doit en vouloir à mort au pauvre N'a-pas-d'œil qui était censé me surveiller. Mais voilà, j'en ai eu assez d'être la mascotte de *La Coquille de noix*, son trois-mâts.

Je veux prouver que je suis un vrai pirate, moi aussi. Et pour cela, c'est évident, je dois trouver un trésor. Comme celui caché sur cette île…

Je le sais parce que ma mère n'arrête pas d'en parler : c'est le trésor de ses rêves ! Elle a même cartographié toute l'île dans l'espoir de le trouver. Mais, sa carte, c'est moi qui l'ai ! Ah ah ah ! Hum… Disons plutôt que je la lui ai empruntée… Hop, ni vu ni connu !

Bref, me voici sur l'île de la Tortue à la recherche du trésor du célèbre pirate : Jean-le-Hareng…

Et je compte sur toi pour m'aider à le trouver !

À coups de machette, je m'enfonce dans la jungle. Scritch ! Scratch ! Mais plus j'avance et plus j'ai un mauvais pressentiment. Qu'est-ce qui cloche ? Je sais ! La jungle est beaucoup trop silencieuse… C'est louche. Normalement, je devrais entendre les oiseaux chanter et les singes hurler. Là, on dirait qu'ils retiennent leur souffle…

Soudain, j'entends une branche craquer. Je m'aperçois alors que je suis encerclé !

– Qui êtes-vous ? je demande. Qu'est-ce que vous me voulez ?

À travers les feuillages, je distingue un visage familier. C'est Œil-de-verre, le pire ennemi de ma mère, et sa meute de pirates sans pitié ! Eux aussi cherchent le trésor…

– Dégage, sale mioche ! grogne Œil-de-verre.

– C'est notre île, notre trésor, m'informe son bras droit. On était là avant toi !

– Nous avons déjà ratissé la moitié de l'île, se vante son bras gauche, et…

– Quelle moitié ? je le coupe. Le savoir me ferait gagner du temps…

– Si tu crois qu'on va te le dire, morveux… Tu peux toujours te brosser !

Ah ça, c'est ce qu'on verra ! Ils n'ont aucune chance face à moi !

Chapitre 2

Œil-de-verre commence sérieusement à m'agacer. Il ne veut pas m'aider ? Tant pis pour lui ! Moi qui ai toujours tout eu tout cuit dans le bec, je vais enfin pouvoir me battre pour obtenir ce que je veux. Alors, sans crier gare, je ramasse une noix de coco et… Vlan ! Je la lui balance à la figure. Ça, pour une surprise ! Le terrible pirate n'a pas eu le temps de réagir. Bam ! Il tombe à la renverse et s'étale comme une crêpe. Il est K.-O.

Ses compagnons me regardent, médusés. L'un d'entre eux se met à sangloter. On dirait de gros bébés sans leur maman.

– Alors, à qui le tour ? je demande.

Personne. Je m'en doutais. Ils ont trop peur de moi pour venger leur capitaine. J'en profite pour les forcer à passer aux aveux en leur promettant la vie sauve.

Énigme n° 1

Et maintenant, c'est à toi de jouer !

Tu vas pouvoir cocher trois cases où le trésor ne se trouve pas. Seuls Mireille-sourdes-oreilles, Éloi-jambe-de-bois et Barbe-au-genou disent la vérité. Les autres mentent.

Maintenant que les pirates m'ont révélé ce qu'ils savaient, je préfère ne pas m'attarder. J'ai trop peur qu'ils me demandent de devenir leur chef, et ça, non merci. Ils sont bien trop moches !

Je m'éloigne de quelques pas quand une terrible odeur de pieds moisis s'engouffre dans mes narines. Ça sent la catastrophe ou plutôt la marée à plein nez. Erk ! Ça vient du volcan. Il fume comme un pompier. Et bientôt une étrange bouillie se met à couler du cratère. Sauve qui peut !

À travers la fumée, je devine l'entrée d'une grotte, je cours m'y réfugier. Ouf, sauvé ! C'est alors que je tombe sur un os. En fait, c'est tout un squelette ! À son crochet, je reconnais Mémé des Caraïbes. On la croisait parfois en mer. Puis plus du tout. Maintenant je sais pourquoi ! Mémé des Caraïbes serre un morceau de carte contre ses côtes. Je le regarde de plus près : il est couvert de croix. Ma main à couper qu'elles indiquent où le trésor n'est pas !

Énigme n° 2

Aide-moi à cocher les mêmes cases sur ma carte.

Chapitre 3

Le volcan s'est rendormi. Je peux enfin sortir de la grotte !

Je me retrouve alors au milieu d'une colonie de tortues. Elles sont en train de brouter la bouillie émise par le volcan. Mon ventre gargouille. Une tortue me fait signe de goûter.

– C'est quoi ?

– Des algues bouillies, me répond la tortue, mon plat préféré !

OK. Je me lance. J'ai tellement faim que je pourrais manger n'importe quoi ! Mmm, mais en fait, c'est super bon ! Je remercie la tortue qui me fait un clin d'œil avant de retourner vers le volcan. Je la suis du regard sans me douter que, pendant ce temps, quelqu'un en profite pour me laisser un message…

Énigme n° 3

Élimine toutes les lettres à l'envers pour comprendre ce que dit le message.

Qui a tracé ce message dans la bouillie ? Ce mystère m'obsède tellement qu'il me fait perdre mon chemin ! Je retourne sur mes pas à la recherche d'un point de repère quand, soudain, j'entends des cris. Je décide de suivre cette nouvelle piste et découvre un homme en détresse. De quoi a-t-il peur ?

Alors que je m'approche pour voir, quelqu'un me tire par la manche. C'est une fille. Elle dit :

– Hé, t'as du jus d'huître dans la cervelle ou quoi ? L'eau est infestée de piranhas !

Elle m'explique ensuite que l'homme au milieu du lagon est son père :

– Il avait tellement envie de se baigner qu'il ne s'est pas méfié, le pauvre. Bref, tu dois le sortir de là !

– Et pourquoi tu ne le fais pas toi-même ? je lui demande.

– Parce que je tiens à mes orteils ! elle me répond du tac au tac.

– Bah, moi aussi !

– Mais tu as une dette envers moi ! elle insiste.

– Euh... Comment ça ?

Bien sûr, je ne vois pas du tout de quoi elle parle. Victorine (c'est son prénom) m'explique alors que le message dans la bouillie, c'était elle !

– Je voulais simplement te rendre service. Et crois-moi, je ne comptais rien te demander en échange… Ce n'est vraiment pas mon genre !

– Ah, tu veux dire que ton geste était totalement désintéressé ?

– Exactement ! Je suis trop gentille.

Argh ! Dans ce cas, je n'ai pas le choix ! Je me croirais le dernier des ingrats si je refusais de l'aider.

– C'est ok, je dis à Victorine. Mais il me faut un plan…

– Et si tu te servais d'une liane pour atteindre le rocher ?

– Euh, t'es sûre ?

– Oui, c'est un super plan, m'encourage Victorine, mais dépêche-toi ! On ne va pas attendre 107 ans !

Énigme n° 4

C'est un super plan, vraiment ?
Encore faut-il choisir
la bonne liane…
Laquelle est attachée à l'arbre ?

Grâce à moi, Arthur, le père de Victorine, est sain et sauf.

– Qu'est-ce qu'on dit ? lui demande sa fille.

En guise de merci, il baragouine je ne sais quoi. Quel charabia !

– Il est encore sous le choc, constate sa fille. Il a eu la trouille de sa vie.

Pauvre Arthur… Sa fille a raison, il semble vraiment bouleversé. N'empêche, j'aimerais bien savoir ce qu'il bafouille… Mon petit doigt me dit que c'est sûrement un nouvel indice !

Énigme n° 5

Supprime tous les gue, bre, cre pour comprendre ce que dit Arthur.

Chapitre 4

Je passe la soirée avec Victorine. Je lui tiens compagnie tandis que son père se repose... On discute en faisant griller des patates. Enfin, c'est surtout moi qui m'occupe des patates...

– Mon père et moi sommes botanistes, me révèle finalement Victorine. On se moque de l'or. Notre trésor à nous, ce sont les plantes carnivores. Nous sommes sans cesse à la recherche de nouveaux spécimens ! Regarde !

Victorine me montre alors l'herbier qu'elle a commencé sur l'île. Il est exclusivement composé de plantes carnivores.

– La classe, hein ?

Énigme n° 6

Observe chaque plante et essaie de trouver son nom en lisant les descriptions de Victorine.

À minuit, je décide d'aller me coucher. Mais Victorine me tire par la manche.

– Hep, hep, hep ! Pas si vite !

Ça devient une habitude chez elle ! Elle me confie alors que des sirènes ont coulé son bateau :

– Mon père avait tellement envie de les rencontrer qu'il ne s'est pas méfié, le pauvre…

– Euh, oui, le pauvre…

– Bref, après tout ça, tu devras nous ramener chez nous !

J'avoue que Victorine m'énerve un peu. Elle fait trop sa cheffe.

– C'est ça, on en reparlera… je lui réponds entre deux bâillements. Bonne nuit !

J'accroche mon hamac aux branches d'un arbre mais…

… Deux minutes plus tard, des gémissements me tirent du sommeil.

C'est un bébé singe qui tremble de peur.

– Tu es tout seul ? Tu as perdu tes parents ?

Le petit singe hoche la tête.

– Tu veux dormir avec moi ?

Re-hochement de tête.

Le petit singe me serre contre lui comme un doudou et s'endort aussitôt. Zzzzz, zzzzz, zzzzz…

Au petit matin, alors que je dors profondément, je sens qu'on m'observe. C'est bizarre comme sensation et ça me réveille. Surprise ! Toute une famille de singes m'applaudit quand j'ouvre les yeux. Hou hou hou ! Parmi eux, je reconnais le petit singe que j'ai gardé cette nuit. Pour me remercier, ses parents m'indiquent d'autres cases à cocher sur ma carte. Trop cool !

Énigme n° 7

Trouve les parents du petit singe : ce sont les seuls qui ne sont pas en double.
Et n'écoute pas les autres singes, ils ne savent pas ce qu'ils disent !

Chapitre 5

C'est dingue, il ne me reste qu'une seule case à cocher pour trouver le trésor ! Je pense à Maman. La tête qu'elle fera quand elle se rendra compte que je suis un pirate, un vrai ! Sans parler de sa bande de fripouilles… Ils vont enfin comprendre de quel bois je me chauffe. Fini les surnoms ridicules, les « mon pingouin » par-ci, « mon bébé phoque » par-là. Je veux du « mon capitaine » et des trémolos dans la voix quand on s'adresse à moi.

Je décide de marcher tout droit vers le pont de la mort. C'est sans doute ma dernière étape ! C'est alors que le fantôme de Jean-le-Hareng se dresse devant moi et me barre la route. Si proche du but… Il exagère. Il est assez effrayant avec ses yeux verdâtres, mais il en faut plus pour m'impressionner ! Je lui dis :

– Pousse-toi !

Il me répond :

– Toi-même.

Je le menace :

– Si tu ne te pousses pas, tu vas le regretter toute ta vie.

– Je suis mort de peur…

– Allez, sois sympa ! j'insiste.

– Qu'est-ce qu'on dit ?

– Pousse-toi ! je répète.

– Et le mot magique ? demande Jean-le-Hareng.

– Le… Quoi ?

Alors là, je ne vois pas du tout de quoi il parle.

– Ça commence par « s'il » et ça finit par « plaît ».

– Rhooh, c'est trop dur ! Pose-moi une autre question !

– Avec grand plaisir ! il me répond en se frottant les mains.

Énigme n° 8

Aide-moi à résoudre l'énigme de Jean-le-Hareng.

JE PEUX COULER MAIS PAS FLOTTER.
JE PEUX SENTIR MAIS NE PEUX VOIR.
QUI SUIS-JE ?

– C'est le nez ! C'est le nez ! je répète, sûr de moi.

C'était quand même plus facile à deviner que cette histoire de mot magique !

– Bravo, mon garçon, me félicite Jean-le-Hareng. Tu es mal élevé mais tu as du flair !

Son sourire est immense. Je crois qu'il m'aime bien en fait. Bref, non seulement le célèbre pirate me laisse passer, mais en plus il me donne le dernier indice dont j'ai besoin.

Tu es prêt à écouter son indice ?

Chapitre 6

Bingo ! À présent, je sais où se trouve le trésor ! Et toi, tu as trouvé ?

Allez, qu'importe, suis-moi ! J'arrive au rocher en forme de tête de mort, puis j'avance tout droit en direction du sud. Je traverse la cascade grâce à une liane (facile). Je marche encore 300 mètres vers l'est. Le trésor est là, au pied de l'arbre creux ! Je me jette à terre et commence à creuser. Grat ! Grat ! Grat !

Au bout d'un moment, le voilà. Je sors le coffre du trou… Ho hisse ! C'est lourd ! Je l'ouvre et découvre ce qu'il contient : des centaines de pièces d'or. Je saute de joie en criant :

– Je suis riche ! Je suis riche ! Je suis riche !

Peut-être que l'argent ne fait pas le bonheur, mais l'or, je vous assure que si !

Soudain, un bruit suspect calme ma joie. Je me retourne.

– Qui est là ? je demande en dégainant ma machette.

Aucune réponse. Je m'en doutais. Je repère un buisson. C'est la seule cachette possible. La machette en avant, je fonce dedans… quand un cri m'arrête.

– Stop !

N'a-pas-d'œil surgit alors du buisson comme un diable d'une boîte.

– Ne me fais pas de mal, pitié !

Il me raconte alors que tout l'équipage est à ma recherche. Furieuse, ma mère leur a interdit de remonter à bord sans moi.

– On a fouillé toute l'île et...

– Et tu m'as trouvé ! C'est super. Maintenant, aide-moi à rapporter le trésor jusqu'au bateau. Ça devrait arranger les choses avec Maman...

En chemin, nous croisons deux autres pirates, puis le reste de l'équipage. Ils sont tous soulagés de me voir. Et fiers de moi. Nous chargeons le trésor à bord de *La Coquille de noix*. Je montre aux pirates mes nouvelles bosses, mes nouveaux muscles, mes trois poils au menton.

Tout le monde est d'accord pour dire que j'ai changé : je suis un homme maintenant, et un vrai pirate ! Tout le monde ? Enfin, presque. Seule une personne s'obstine à ne rien remarquer. Pour elle, je suis resté le même.

– Petit-Cœur ! Petit-Cœur ! Enfin, te voilà, mon cormoran d'amour !

Hélas, oui, c'est ma mère !